L'Oiseau bleu

Madame d' Aulnoy

L'Oiseau bleu

Il était une fois un roi fort riche en terres et en argent ; sa femme mourut, il en fut inconsolable. Il s'enferma huit jours entiers dans un petit cabinet, où il se cassait la tête contre les murs, tant il était affligé. On craignit qu'il ne se tuât : on mit des matelas entre la tapisserie et la muraille ; de sorte qu'il avait beau se frapper, il ne se faisait plus de mal. Tous ses sujets résolurent entre eux de l'aller voir et de lui dire ce qu'ils pourraient de plus propre à soulager sa tristesse. Les uns préparaient des discours graves et sérieux, d'autres d'agréables, et même de réjouissants ; mais cela ne faisait aucune impression sur son esprit : à peine entendait-il ce qu'on lui disait. Enfin, il se présenta devant lui une femme si couverte de crêpes noirs, de voiles, de mantes, de longs habits de deuil, et qui pleurait et sanglotait si fort et si haut, qu'il en demeura surpris. Elle lui dit qu'elle n'entreprenait point comme les autres de diminuer sa douleur, quelle venait pour l'augmenter, parce que rien n'était plus juste que de pleurer une bonne femme ; que pour elle, qui avait eu le meilleur de tous les maris, elle faisait bien son compte de pleurer tant qu'il lui resterait des yeux à la tête. Là-dessus elle redoubla ses cris, et le roi, à son exemple, se mit à hurler.

Il la reçut mieux que les autres ; il l'entretint des belles qualités de sa chère défunte, et elle renchérit celles de son cher défunt : ils causèrent tant et tant, qu'ils ne savaient plus que dire sur leur douleur. Quand la fine veuve vit la matière presque épuisée, elle leva un peu ses voiles, et le roi affligé se récréa la vue à regarder cette pauvre affligée, qui tournait et retournait fort à propos deux grands yeux bleus, bordés de longues paupières noires : son teint était assez fleuri.

Le roi la considéra avec beaucoup d'attention ; peu à peu il parla moins de sa femme, puis il n'en parla plus du tout. La veuve disait qu'elle voulait toujours pleurer son mari ; le roi la pria de ne point immortaliser son chagrin. Pour conclusion, l'on fut tout étonné qu'il l'épousât, et que le noir se changeât en vert et en couleur de rose : il suffit très souvent de connaître le faible des gens pour entrer dans leur cœur et pour en faire tout ce que l'on veut.

Le roi n'avait eu qu'une fille de son premier mariage, qui passait pour la huitième merveille du monde, on la nommait Florine, parce qu'elle ressemblait à Flore, tant elle était fraîche, jeune et belle. On ne lui voyait guère d'habits magnifiques ; elle aimait les robes de taffetas volant, avec quelques agrafes de pierreries et force guirlandes de fleurs, qui faisaient un effet admirable quand elles étaient placées dans ses beaux cheveux. Elle n'avait que quinze ans lorsque le roi se remaria.

La nouvelle reine envoya quérir sa fille, qui avait été nourrie chez sa marraine, la fée Soussio ; mais elle n'en était ni plus gracieuse ni plus belle : Soussio y avait voulu travailler et n'avait rien gagné ; elle ne laissait pas de l'aimer chèrement. On l'appelait Truitonne, car son visage avait autant de taches de rousseur qu'une truite ; ses cheveux noirs étaient si gras et si crasseux que l'on n'y pouvait toucher, sa peau jaune distillait de l'huile. La reine ne laissait pas de l'aimer à la folie ; elle ne parlait que de la charmante Truitonne, et, comme Florine avait toutes sortes d'avantages au-dessus d'elle, la reine s'en désespérait ; elle cherchait tous les moyens possibles de la mettre mal auprès du roi.

Il n'y avait point de jour que la reine et Truitonne ne fissent quelque pièce à Florine. La princesse, qui était douce et spirituelle , tâchait de se mettre au-dessus des mauvais procédés.

Le roi dit un jour à la reine que Florine et Truitonne étaient assez grandes pour être mariées, et qu'aussitôt qu'un prince viendrait à la cour, il fallait faire en sorte de lui en donner une des deux.

« Je prétends, répliqua la reine, que ma fille soit la première établie : elle est plus âgée que la vôtre, et, comme elle est mille fois plus aimable, il n'y a pas à balancer là-dessus. » Le roi, qui n'aimait point la dispute, lui dit qu'il le voulait bien et qu'il l'en faisait la maîtresse.

A quelque temps de là, on apprit que le roi Charmant devait arriver. Jamais prince n'avait porté plus loin la galanterie et la magnificence ; son esprit et sa personne n'avaient rien qui ne répondît à son nom. Quand la reine sut ces nouvelles, elle employa tous les brodeurs, tous les tailleurs et tous les ouvriers à faire des ajustements à Truitonne. Elle pria le roi que Florine n'eût rien de neuf, et, ayant gagné ses femmes, elle lui fit voler tous ses habits, toutes ses coiffures et toutes ses pierreries le jour même que Charmant arriva, de sorte que, lorsqu'elle se voulut parer, elle ne trouva pas un ruban. Elle vit bien d'où lui venait ce bon office. Elle envoya chez les marchands pour avoir des étoffes ; ils répondirent que la reine avait défendu qu'on lui en donnât. Elle demeura donc avec une petite robe fort crasseuse, et sa honte était si grande, qu'elle se mit dans le coin de la salle lorsque le roi Charmant arriva.

La reine le reçut avec de grandes cérémonies : elle lui présenta sa fille, plus brillante que le soleil et plus laide par toutes ses parures qu'elle ne l'était ordinairement. Le roi en détourna ses yeux : la reine voulait se persuader qu'elle lui plaisait trop et qu'il craignait de s'engager, de sorte qu'elle la faisait toujours mettre devant lui. Il demanda s'il n'y avait pas encore une autre princesse appelée Florine. « Oui, dit Truitonne en la montrant avec le doigt ; la voilà qui se cache, parce qu'elle n'est pas brave. »

Florine rougit, et devint si belle, si belle, que le roi Charmant demeura comme un homme ébloui. Il se leva promptement, et fit une profonde révérence à la princesse : « Madame, lui dit-il, votre incomparable beauté vous pare trop pour que vous ayez besoin d'aucun secours étranger.

— Seigneur, répliqua-t-elle, je vous avoue que je suis peu accoutumée à porter un habit aussi malpropre que l'est celui-ci ; et vous m'auriez fait plaisir de ne vous pas apercevoir de moi.

— Il serait impossible, s'écria Charmant, qu'une si merveilleuse princesse pût être en quelque lieu, et que l'on eût des yeux pour d'autres que pour elle.

— Ah ! dit la reine irritée, je passe bien mon temps à vous

entendre. Croyez-moi, seigneur, Florine est déjà assez coquette, et elle n'a pas besoin qu'on lui dise tant de galanteries. »

Le roi Charmant démêla aussitôt les motifs qui faisaient ainsi parler la reine ; mais, comme il n'était pas de condition à se contraindre, il laissa paraître toute son admiration pour Florine, et l'entretint trois heures de suite.

La reine au désespoir, et Truitonne inconsolable de n'avoir pas la préférence sur la princesse, firent de grandes plaintes au roi et l'obligèrent de consentir que, pendant le séjour du roi Charmant, l'on enfermerait Florine dans une tour, où ils ne se verraient point. En effet, aussitôt qu'elle fut retournée dans sa chambre, quatre hommes masqués la portèrent au haut de la tour, et l'y laissèrent dans la dernière désolation ; car elle vit bien que l'on n'en usait ainsi que pour l'empêcher de plaire au roi qui lui plaisait déjà fort, et qu'elle aurait bien voulu pour époux.

Comme il ne savait pas les violences que l'on venait de faire à la princesse, il attendait l'heure de la revoir avec mille impatiences. Il voulut parler d'elle à ceux que le roi avait mis auprès de lui pour lui faire plus d'honneur ; mais, par l'ordre de la reine, ils lui dirent tout le mal qu'ils purent : qu'elle était coquette, inégale, de méchante humeur ; qu'elle tourmentait ses amis et ses domestiques, qu'on ne pouvait être plus malpropre, et qu'elle poussait si loin l'avarice, quelles aimait mieux être habillée comme une petite bergère, que d'acheter de riches étoffes de l'argent que lui donnait le roi son père. A tout ce détail, Charmant souffrait et se sentait des mouvements de colère qu'il avait bien de la peine à modérer. « Non, disait-il en lui-même, il est impossible que le Ciel ait mis une âme si mal faite dans le chef-d'œuvre de la nature.

Je conviens qu'elle n'était pas proprement mise quand je l'ai vue, mais la honte qu'elle en avait prouve assez qu'elle n'était point accoutumée à se voir ainsi. Quoi ! elle serait mauvaise avec cet air de modestie et de douceur qui enchante ? Ce n'est pas une chose qui me tombe sous le sens ; il m'est bien plus aisé de croire que c'est la reine qui la décrie ainsi : l'on n'est pas belle-mère pour rien ; et la princesse Truitonne est une si laide bête, qu'il ne serait point extraordinaire qu'elle portât envie à la plus parfaite de toutes les créatures. »

Pendant qu'il raisonnait là-dessus, des courtisans qui l'environnaient devinaient bien à son air qu'ils ne lui avaient pas fait plaisir de parler mal de Florine. Il y en eut un plus adroit que les autres, qui, changeant de ton et de langage pour connaître les sentiments du prince, se mit à dire des merveilles de la princesse. À ces mots il se réveilla comme d'un profond sommeil, il entra dans la conversation, la joie se répandit sur son visage. Amour, amour, que l'on te cache difficilement ! tu parais partout, sur les lèvres d'un amant, dans ses yeux, au son de sa voix ; lorsque l'on aime, le silence, la conversation, la joie ou la tristesse, tout parle de ce qu'on ressent.

La reine, impatiente de savoir si le roi Charmant était bien touché, envoya quérir ceux qu'elle avait mis dans sa confidence, et elle passa le reste de la nuit à les questionner. Tout ce qu'ils lui disaient ne servait qu'à confirmer l'opinion où elle était, que le roi aimait Florine. Mais que vous dirai-je de la mélancolie de cette pauvre princesse ? Elle était couchée par terre dans le donjon de cette horrible tour où les hommes masqués l'avaient emportée.

« Je serais moins à plaindre, disait-elle, si l'on m'avait mise ici avant que j'eusse vu cet aimable roi : l'idée que j'en conserve ne peut servir qu'à augmenter mes peines. Je ne dois pas douter que c'est pour m'empêcher de le voir davantage que la reine me traite si cruellement. Hélas ! que le peu de beauté dont le Ciel m'a pourvue coûtera cher à mon repos ! » Elle pleurait ensuite si amèrement, si amèrement que sa propre ennemie en aurait eu pitié si elle avait été témoin de ses douleurs.

C'est ainsi que la nuit se passa. La reine, qui voulait engager le roi Charmant par tous les témoignages qu'elle pourrait lui donner de son attention, lui envoya des habits d'une richesse et d'une magnificence sans pareille, faits à la mode du pays, et l'ordre des chevaliers d'Amour qu'elle avait obligé le roi d'instituer le jour de leurs noces. C'était un cœur d'or émaillé de couleur de feu, entouré de plusieurs flèches, et percé d'une, avec ces mots : Une seule me blesse. La reine avait fait tailler pour Charmant un cœur d'un rubis gros comme un œuf d'autruche ; chaque flèche était d'un seul diamant, longue comme le doigt, et la chaîne où ce cœur tenait était faite de perles, dont la plus petite pesait une livre : enfin, depuis que le monde est monde, il n'avait rien paru de tel.

Le roi, à cette vue, demeura si surpris qu'il fut quelque temps sans parler. On lui présenta en même temps un livre dont les feuilles étaient de vélin, avec des miniatures admirables, la couverture d'or, chargée de pierreries ; et les statuts de l'ordre des chevaliers d'Amour y étaient écrits d'un style fort tendre et fort galant. L'on dit au roi que la princesse qu'il avait vue le priait d'être son chevalier, et qu'elle lui envoyait ce présent.

À ces mots, il osa se flatter que c'était celle qu'il aimait.

« Quoi ! la belle princesse Florine, s'écria-t-il, pense à moi d'une manière si généreuse et si engageante ?

— Seigneur, lui dit-on, vous vous méprenez au nom, nous venons de la part de l'aimable Truitonne.

— C'est Truitonne qui me veut pour son chevalier ? dit le roi d'un air froid et sérieux : je suis fâché de ne pouvoir accepter cet honneur ; mais un souverain n'est pas assez maître de lui pour prendre les engagements qu'il voudrait. Je sais ceux d'un chevalier, je voudrais les remplir tous, et j'aime mieux ne pas recevoir la grâce qu'elle m'offre que de m'en rendre indigne. »

Il remit aussitôt le cœur, la chaîne et le livre dans la même corbeille ; puis il envoya tout chez la reine, qui pensa étouffer de rage avec sa fille, de la manière méprisante dont le roi étranger avait reçu une faveur si particulière.

Lorsqu'il put aller chez le roi et la reine, il se rendit dans leur appartement : il espérait que Florine y serait ; il regardait de tous côtés pour la voir. Dès qu'il entendait entrer quelqu'un dans la chambre, il tournait la tête brusquement vers la porte ; il paraissait inquiet et chagrin. La malicieuse reine devinait assez ce qui se passait dans son âme, mais elle n'en faisait pas semblant. Elle ne lui parlait que de parties de plaisir ; il lui répondait tout de travers. Enfin il demanda où était la princesse Florine.

« Seigneur, lui dit fièrement la reine, le roi son père a défendu qu'elle sorte de chez elle, jusqu'à ce que ma fille soit mariée.

— Et quelle raison, répliqua le roi, peut-on avoir de tenir cette belle personne prisonnière ?

— Je l'ignore, dit la reine ; et quand je le saurais, je pourrais me dispenser de vous le dire. »

Le roi se sentait dans une colère inconcevable ; il regardait Truitonne de travers, et songeait en lui-même que c'était à cause de ce petit monstre qu'on lui dérobait le plaisir de voir la princesse. Il quitta promptement la reine : sa présence lui causait trop de peine.

Quand il fut revenu dans sa chambre, il dit à un jeune prince qui l'avait accompagné, et qu'il aimait fort, de donner tout ce qu'on voudrait au monde pour gagner quelqu'une des femmes de la princesse, afin qu'il pût lui parler un moment. Ce prince trouva aisément des dames du palais qui entrèrent dans la confidence ; il y en eut une qui l'assura que le soir même Florine serait à une petite fenêtre basse qui répondait sur le jardin, et que par là elle pourrait lui parler, pourvu qu'il prît de grandes précautions afin qu'on ne le sût pas, « car, ajouta-t-elle, le roi et la reine sont si sévères, qu'ils me feraient mourir s'ils découvraient que j'eusse favorisé la passion de Charmant ».

Le prince, ravi d'avoir amené l'affaire jusque-là, lui promit tout ce qu'elle voulait, et courut faire sa cour au roi, en lui annonçant l'heure du rendez-vous. Mais la mauvaise confidente ne manqua pas d'aller avertir la reine de ce qui se passait et de prendre ses ordres.

Aussitôt elle pensa qu'il fallait envoyer sa fille à la petite fenêtre : elle l'instruisit bien ; et Truitonne ne manqua rien, quoiqu'elle fût naturellement une grande bête.

La nuit était si noire, qu'il aurait été impossible au roi de s'apercevoir de la tromperie qu'on lui faisait, quand même il n'aurait pas été aussi prévenu qu'il l'était de sorte qu'il s'approcha de la fenêtre avec des transports de joie inexprimables. Il dit à Truitonne tout ce qu'il aurait dit à Florine pour la persuader de sa passion. Truitonne, profitant de la conjoncture, lui dit qu'elle se trouvait la plus malheureuse personne du monde d'avoir une belle-mère si cruelle, et qu'elle aurait toujours à souffrir jusqu'à ce que sa fille fût mariée. Le roi l'assura que, si elle le voulait pour son époux, il serait ravi de partager avec elle sa couronne et son cœur. Là-dessus, il tira sa bague de son doigt ; et, la mettant au doigt de Truitonne, il ajouta que c'était un gage éternel de sa foi, et qu'elle n'avait qu'à prendre l'heure pour partir en diligence. Truitonne répondit le mieux qu'elle put à ses empressements. Il s'apercevait bien qu'elle ne disait rien qui vaille ; et cela lui aurait fait de la peine, s'il ne se fût persuadé que la crainte d'être surprise par la reine lui ôtait la liberté de son esprit. Il ne la quitta qu'à la condition de revenir le lendemain à pareille heure ce qu'elle lui promit de tout son cœur.

La reine ayant su l'heureux succès de cette entrevue, elle s'en promit tout. Et, en effet, le jour étant concerté, le roi vint la prendre dans une chaise volante, traînée par des grenouilles ailées : un enchanteur de ses amis lui avait fait ce présent.

La nuit était fort noire ; Truitonne sortit mystérieusement par une petite porte, et le roi, qui l'attendait, la reçut dans ses bras et lui jura cent fois une fidélité éternelle. Mais comme il n'était pas d'humeur à voler longtemps dans sa chaise volante sans épouser la princesse qu'il aimait, il lui demanda où elle voulait que les noces se fissent. Elle lui dit qu'elle avait pour marraine une fée qu'on appelait Soussio, qui était fort célèbre ; qu'elle était d'avis d'aller au château. Quoique le roi ne sût pas le chemin, il n'eut qu'à dire à ses grosses grenouilles de l'y conduire ; elles connaissaient la carte générale de l'univers et en peu de temps elles rendirent le roi et Truitonne chez Soussio. Le château était si bien éclairé, qu'en arrivant le roi aurait reconnu son erreur, si la princesse ne s'était soigneusement couverte de son voile. Elle demanda sa marraine ; elle lui parla en particulier, et lui conta comme quoi elle avait attrapé Charmant, et qu'elle la priait de l'apaiser. « Ah ! ma fille, dit la fée, la chose ne sera pas facile : il aime trop Florine ; je suis certaine qu'il va nous faire désespérer. »

Cependant le roi les attendait dans une salle dont les murs étaient de diamants, si clairs et si nets, qu'il vit au travers Soussio et Truitonne causer ensemble. Il croyait rêver. « Quoi ! disait-il, ai-je été trahi ? les démons ont-ils apporté cette ennemie de notre repos ? Vient-elle pour troubler mon mariage ? Ma chère Florine ne paraît point ! Son père l'a peut-être suivie ! »

Il pensait mille choses qui commençaient à le désoler. Mais ce fut bien pis quand elles entrèrent dans la salle et que Soussio lui dit d'un ton absolu :

« Roi Charmant, voici la princesse Truitonne, à laquelle vous avez donné votre foi ; elle est ma filleule, et je souhaite que vous l'épousiez tout à l'heure.

— Moi, s'écria-t-il, moi, j'épouserais ce petit monstre ! vous me croyez d'un naturel bien docile, quand vous me faites de telles propositions : sachez que je ne lui ai rien promis ; si elle dit autrement, elle en a…

— N'achevez pas, interrompit Soussio, et ne soyez jamais assez hardi pour me manquer de respect.

— Je consens, répliqua le roi, de vous respecter autant qu'une fée est respectable, pourvu que vous me rendiez ma princesse.

— Est-ce que je ne la suis pas, parjure ? dit Truitonne en lui montrant sa bague. À qui as-tu donné cet anneau pour gage de ta foi ? À qui as-tu parlé à la petite fenêtre, si ce n'est pas à moi ?

— Comment donc ! reprit-il, j'ai été déçu et trompé ? Non, non, je n'en serai point la dupe. Allons, allons, mes grenouilles, mes grenouilles, je veux partir tout à l'heure.

— Oh ! ce n'est pas une chose en votre pouvoir si je n'y consens », dit Soussio. Elle le toucha, et ses pieds s'attachèrent au parquet, comme si on les y avait cloués.

« Quand vous me lapideriez, lui dit le roi, quand vous m'écorcheriez, je ne serais point à une autre qu'à Florine ; j'y suis résolu, et vous pouvez après cela user de votre pouvoir à votre gré. »

Soussio employa la douceur, les menaces, les promesses, les prières. Truitonne pleura, cria, gémit, se fâcha, s'apaisa. Le roi ne disait pas un mot, et, les regardant toutes deux avec l'air du monde le plus indigné, il ne répondait rien à tous leurs verbiages.

Il se passa ainsi vingt jours et vingt nuits, sans qu'elles cessassent de parler, sans manger, sans dormir et sans s'asseoir. Enfin Soussio, à bout et fatiguée, dit au roi : « Eh bien, vous êtes un opiniâtre qui ne voulez pas entendre raison ; choisissez, ou d'être sept ans en pénitence, pour avoir donné votre parole sans la tenir, ou d'épouser ma filleule. »

Le roi, qui avait gardé un profond silence, s'écria tout d'un coup : « Faites de moi tout ce que vous voudrez, pourvu que je sois délivré de cette maussade.

— Maussade vous-même, dit Truitonne en colère : je vous trouve un plaisant roitelet, avec votre équipage marécageux, de venir jusqu'en mon pays pour me dire des injures et manquer à votre parole : si vous aviez quatre deniers d'honneur, en useriez-vous ainsi ?

— Voilà des reproches touchants, dit le roi d'un ton railleur. Voyez-vous, qu'on a tort de ne pas prendre une aussi belle personne pour sa femme !

— Non, non, elle ne le sera pas, s'écria Soussio en colère.

Tu n'as qu'à t'envoler par cette fenêtre, si tu veux, car tu seras sept ans Oiseau Bleu. »

En même temps le roi change de figure : ses bras se couvrent de plumes et forment des ailes ; ses jambes et ses pieds deviennent noirs et menus ; il lui croît des ongles crochus ; son corps s'apetisse, il est tout garni de longues plumes fines et mêlées de bleu céleste ; ses yeux s'arrondissent et brillent comme des soleils ; son nez n'est plus qu'un bec d'ivoire ; il s'élève sur sa tête une aigrette blanche, qui forme une couronne ; il chante à ravir, et parle de même. En cet état il jette un cri douloureux de se voir ainsi métamorphosé, et s'envole à tire-d'aile pour fuir le funeste palais de Soussio.

Dans la mélancolie qui l'accable, il voltige de branche en branche, et ne choisit que les arbres consacrés à l'amour ou à la tristesse, tantôt sur les myrtes, tantôt sur les cyprès ; il chante des airs pitoyables, où il déplore sa méchante fortune et celle de Florine. « En quel lieu ses ennemis l'ont-ils cachée ? disait-il. Qu'est devenue cette belle victime ? La barbarie de la reine la laisse-t-elle encore respirer ? Où la chercherai-je ? Suis-je condamné à passer sept ans sans elle ? Peut-être que pendant ce temps on la mariera, et que je perdrai pour jamais l'espérance qui soutient ma vie. » Ces différentes pensées affligeaient l'Oiseau Bleu à tel point, qu'il voulait se laisser mourir.

D'un autre côté, la fée Soussio renvoya Truitonne à la reine, qui était bien inquiète comment les noces se seraient passées. Mais quand elle vit sa fille, et qu'elle lui raconta tout ce qui venait d'arriver, elle se mit dans une colère terrible, dont le contrecoup retomba sur la pauvre Florine.

« Il faut, dit-elle, qu'elle se repente plus d'une fois d'avoir su plaire à Charmant. »

Elle monta dans la tour avec Truitonne, qu'elle avait parée de ses plus riches habits : elle portait une couronne de diamants sur sa tête, et trois filles des plus riches barons de l'État tenaient la queue de son manteau royal ; elle avait au pouce l'anneau du roi Charmant, que Florine remarqua le jour qu'ils parlèrent ensemble. Elle fut étrangement surprise de voir Truitonne dans un si pompeux appareil.

« Voilà ma fille qui vient vous apporter des présents de sa noce, dit la reine : le roi Charmant l'a épousée, il l'aime à la folie, il n'a jamais été de gens plus satisfaits. »

Aussitôt on étale devant la princesse des étoffes d'or et d'argent, des pierreries, des dentelles, des rubans, qui étaient dans de grandes corbeilles de filigrane d'or. En lui présentant toutes ces choses, Truitonne ne manquait pas de faire briller l'anneau du roi ; de sorte que la princesse Florine ne pouvait plus douter de son malheur. Elle s'écria, d'un air désespéré, qu'on ôtât de ses yeux tous ces présents si funestes ; qu'elle ne pouvait plus porter que du noir, ou plutôt qu'elle voulait présentement mourir. Elle s'évanouit ; et la cruelle reine, ravie d'avoir si bien réussi, ne permit pas qu'on la secourût : elle la laissa seule dans le plus déplorable état du monde, et alla conter malicieusement au roi que sa fille était si transportée de tendresse que rien n'égalait les extravagances qu'elle faisait ; qu'il fallait bien se donner de garde de la laisser sortir de la tour. Le roi lui dit qu'elle pouvait gouverner cette affaire à sa fantaisie et qu'il en serait toujours satisfait.

Lorsque la princesse revint de son évanouissement, et qu'elle réfléchit sur la conduite qu'on tenait avec elle, aux mauvais traitements qu'elle recevait de son indigne marâtre, et à l'espérance qu'elle perdait pour jamais d'épouser le roi Charmant, sa douleur devint si vive, qu'elle pleura toute la nuit ; en cet état elle se mit à sa fenêtre, où elle fit des regrets fort tendres et fort touchants. Quand le jour approcha, elle la ferma et continua de pleurer.

La nuit suivante, elle ouvrit la fenêtre, elle poussa de profonds soupirs et des sanglots, elle versa un torrent de larmes : le jour venu, elle se cacha dans sa chambre. Cependant le roi Charmant, ou pour mieux dire le bel Oiseau Bleu, ne cessait point de voltiger autour du palais ; il jugeait que sa chère princesse y était enfermée, et, si elle faisait de tristes plaintes, les siennes ne l'étaient pas moins. Il s'approchait des fenêtres le plus qu'il pouvait, pour regarder dans les chambres ; mais la crainte que Truitonne ne l'aperçût et ne se doutât que c'était lui, l'empêchait de faire ce qu'il aurait voulu. « Il y va de ma vie, disait-il en lui-même : si ces mauvaises découvraient où je suis, elles voudraient se venger ; il faudrait que je m'éloignasse, ou que je fusse exposé aux derniers dangers. » Ces raisons l'obligèrent à garder de grandes mesures, et d'ordinaire il ne chantait que la nuit.

Il y avait vis-à-vis de la fenêtre où Florine se mettait, un cyprès d'une hauteur prodigieuse : l'Oiseau Bleu vint s'y percher. Il y fut à peine, qu'il entendit une personne qui se plaignait : « Souffrirai-je encore longtemps ? disait-elle ; la mort ne viendra-t-elle point à mon secours ? Ceux qui la craignent ne la voient que trop tôt ; je la désire et la cruelle me fuit.

Ah ! barbare reine, que t'ai-je fait, pour me retenir dans une captivité si affreuse ? N'as-tu pas assez d'autres endroits pour me désoler ? Tu n'as qu'à me rendre témoin du bonheur que ton indigne fille goûte avec le roi Charmant ! »

L'Oiseau Bleu n'avait pas perdu un mot de cette plainte ; il en demeura bien surpris, et il attendit le jour avec la dernière impatience, pour voir la dame affligée ; mais avant qu'il vînt, elle avait fermé la fenêtre et s'était retirée.

L'oiseau curieux ne manqua pas de revenir la nuit suivante : il faisait clair de lune. Il vit une fille à la fenêtre de la tour, qui commençait ses regrets : « Fortune, disait-elle, toi qui me flattais de régner, toi qui m'avais rendu l'amour de mon père, que t'ai-je fait pour me plonger tout d'un coup dans les plus amères douleurs ? Est-ce dans un âge aussi tendre que le mien qu'on doit commencer à ressentir ton inconstance ? Reviens, barbare, s'il est possible ; je te demande, pour toutes faveurs, de terminer ma fatale destinée. »

L'Oiseau Bleu écoutait ; et plus il écoutait, plus il se persuadait que c'était son aimable princesse qui se plaignait. Il lui dit : « Adorable Florine, merveille de nos jours, pourquoi voulez-vous finir si promptement les vôtres ? vos maux ne sont point sans remède.

— Hé ! qui me parle, s'écria-t-elle, d'une manière si consolante ?

— Un roi malheureux, reprit l'Oiseau, qui vous aime et n'aimera jamais que vous.

— Un roi qui m'aime ! ajouta-t-elle : est-ce ici un piège que me tend mon ennemie ? Mais, au fond, qu'y gagnera-t-elle ? Si elle cherche à découvrir mes sentiments, je suis prête à lui en faire l'aveu.

— Non, ma princesse, répondit-il : l'amant qui vous parle n'est point capable de vous trahir. »

En achevant ces mots, il vola sur la fenêtre. Florine eut d'abord grande peur d'un oiseau si extraordinaire, qui parlait avec autant d'esprit que s'il avait été homme, quoiqu'il conservât le petit son de voix d'un rossignol ; mais la beauté de son plumage et ce qu'il lui dit la rassura.

« M'est-il permis de vous revoir, ma princesse ? s'écria-t-il. Puis-je goûter un bonheur si parfait sans mourir de joie ? Mais, hélas ! que cette joie est troublée par votre captivité et l'état où la méchante Soussio m'a réduit pour sept ans !

— Et qui êtes-vous, charmant Oiseau ? dit la princesse en le caressant.

— Vous avez dit mon nom, ajouta le roi, et vous feignez de ne pas me connaître.

— Quoi ! le plus grand roi du monde, quoi ! le roi Charmant, dit la princesse, serait le petit oiseau que je tiens ?

— Hélas ! belle Florine, il n'est que trop vrai, reprit-il ; et, si quelque chose m'en peut consoler, c'est que j'ai préféré cette peine à celle de renoncer à la passion que j'ai pour vous.

— Pour moi ! dit Florine. Ah ! ne cherchez point à me tromper ! Je sais, je sais que vous avez épousé Truitonne ; j'ai reconnu votre anneau à son doigt : je l'ai vue toute brillante des diamants que vous lui avez donnés. Elle est venue m'insulter dans ma triste prison ; chargée d'une riche couronne et d'un manteau royal qu'elle tenait de votre main pendant que j'étais chargée de chaînes et de fers.

— Vous avez vu Truitonne en cet équipage ? interrompit le roi ; sa mère et elle ont osé vous dire que ces joyaux venaient de moi ? O ciel ! est-il possible que j'entende des mensonges si affreux, et que je ne puisse m'en venger aussitôt que je le souhaite ? Sachez qu'elles ont voulu me décevoir, qu'abusant de votre nom, elles m'ont engagé d'enlever cette laide Truitonne ; mais, aussitôt que je connus mon erreur, je voulus l'abandonner, et je choisis enfin d'être Oiseau Bleu sept ans de suite, plutôt que de manquer à la fidélité que vous ai vouée. »

Florine avait un plaisir si sensible d'entendre parler son aimable amant, qu'elle ne se souvenait plus des malheurs de sa prison. Que ne lui dit-elle pas pour le consoler de sa triste aventure, et pour le persuader qu'elle ne ferait pas moins pour lui qu'il n'avait fait pour elle ? Le jour paraissait, la plupart des officiers étaient déjà levés, que l'Oiseau Bleu et la princesse parlaient encore ensemble. Ils se séparèrent avec mille peines, après s'être promis que toutes les nuits ils s'entretiendraient ainsi.

La joie de s'être trouvés était si extrême, qu'il n'est point de termes capables de l'exprimer ; chacun de son côté remerciait l'amour et la fortune. Cependant Florine s'inquiétait pour l'Oiseau Bleu : « Qui le garantira des chasseurs, disait-elle, ou de la serre aiguë de quelque aigle, ou de quelque vautour affamé, qui le mangerait avec autant d'appétit que si ce n'était pas un grand roi ? 0 ciel ! que deviendrais-je si ses plumes légères et fines, poussées par le vent, venaient jusque dans ma prison m'annoncer le désastre que je crains ? »Cette pensée empêcha que la pauvre princesse fermât les yeux : car, lorsque l'on aime, les illusions paraissent des vérités, et ce que l'on croyait impossible dans un autre temps semble aisé en celui-là, de sorte qu'elle passa le jour à pleurer, jusqu'à ce que l'heure fût venue de se mettre à sa fenêtre.

Le charmant Oiseau, caché dans le creux d'un arbre, avait été tout le jour occupé à penser à sa belle princesse. « Que je suis content, disait-il, de l'avoir retrouvée ! qu'elle est engageante ! que je sens vivement les bontés qu'elle me témoigne ! » Ce tendre amant comptait jusqu'aux moindres moments de la pénitence qui l'empêchait de l'épouser, et jamais on n'en a désiré la fin avec plus de passion. Comme il voulait faire à Florine toutes les galanteries dont il était capable, il vola jusqu'à la ville capitale de son royaume ; il alla à son palais, il entra dans son cabinet par une vitre qui était cassée ; il prit des pendants d'oreilles de diamants, si parfaits et si beaux qu'il n'y en avait point au monde qui en approchassent ; il les apporta le soir à Florine, et la pria de s'en parer. « J'y consentirais, lui dit-elle, si vous me voyiez le jour ; mais puisque je ne vous parle que la nuit, je ne les mettrai pas. » L'Oiseau lui promit de prendre si bien son temps, qu'il viendrait à la tour à l'heure qu'elle voudrait : aussitôt elle mit les pendants d'oreilles, et la nuit se passa à causer, comme s'était passée l'autre.

Le lendemain l'Oiseau Bleu retourna dans son royaume. Il alla à son palais ; il entra dans son cabinet par la vitre rompue, et il en apporta les plus riches bracelets que l'on eût encore vus : ils étaient d'une seule émeraude, taillés en facettes creuses par le milieu, pour y passer la main et le bras.

« Pensez-vous, lui dit la princesse, que mes sentiments pour vous aient besoin d'être cultivés par des présents ? Ah ! que vous me connaîtriez mal.

— Non, madame, répliquait-il, je ne crois pas que les bagatelles que je vous offre soient nécessaires pour me conserver votre tendresse ; mais la mienne serait blessée si je négligeais aucune occasion de vous marquer mon attention ; et, quand vous ne me voyez point, ces petits bijoux me rappellent à votre souvenir. »

Florine lui dit là-dessus mille choses obligeantes, auxquelles il répondit par mille autres qui ne l'étaient pas moins.

La nuit suivante, l'Oiseau amoureux ne manqua pas d'apporter à sa belle une montre d'une grandeur raisonnable, qui était dans une perle : l'excellence du travail surpassait celle de la matière.

« Il est inutile de me régaler d'une montre, dit-elle galamment ; quand vous êtes éloigné de moi, les heures me paraissent sans fin ; quand vous êtes avec moi, elles passent comme un songe : ainsi je ne puis leur donner une juste mesure.

— Hélas ! ma princesse, s'écria l'Oiseau Bleu, j'en ai la même opinion que vous, et je suis persuadé que je renchéris encore sur la délicatesse.

— Après ce que vous souffrez pour me conserver votre cœur, répliqua-t-elle, je suis en état de croire que vous avez porté l'amitié et l'estime aussi loin qu'elles peuvent aller. »

Dès que le jour paraissait, l'Oiseau volait dans le fond de son arbre, où des fruits lui servaient de nourriture. Quelquefois encore il chantait de beaux airs : sa voix ravissait les passants, ils l'entendaient et ne voyaient personne, aussi il était conclu que c'étaient des esprits. Cette opinion devint si commune, que l'on n'osait entrer dans le bois, on rapportait mille aventures fabuleuses qui s'y étaient passées, et la terreur générale fit la sûreté particulière de l'Oiseau Bleu.

Il ne se passait aucun jour sans qu'il fît un présent à Florine : tantôt un collier de perles, ou des bagues des plus brillantes et des mieux mises en œuvre, des attaches de diamants, des poinçons, des bouquets de pierreries qui imitaient la couleur des fleurs, des livres agréables, des médailles, enfin, elle avait un amas de richesses merveilleuses. Elle ne s'en parait jamais que la nuit pour plaire au roi, et le jour, n'ayant pas d'endroit où les mettre, elle les cachait soigneusement dans sa paillasse.

Deux années s'écoulèrent ainsi sans que Florine se plaignît une seule fois de sa captivité. Et comment s'en serait-elle plainte ? elle avait la satisfaction de parler toute la nuit à ce qu'elle aimait ; il ne s'est jamais tant dit de jolies choses. Bien qu'elle ne vît personne et que l'Oiseau passât le jour dans le creux d'un arbre, ils avaient mille nouveautés à se raconter : la matière était inépuisable, leur cœur et leur esprit fournissaient abondamment des sujets de conversation.

Cependant la malicieuse reine, qui la retenait si cruellement en prison, faisait d'inutiles efforts pour marier Truitonne. Elle envoyait des ambassadeurs la proposer à tous les princes dont elle connaissait le nom : dès qu'ils arrivaient, on les congédiait brusquement. « S'il s'agissait de la princesse Florine, vous seriez reçus avec joie, leur disait-on ; mais pour Truitonne, elle peut rester vestale sans que personne s'y oppose. » À ces nouvelles, sa mère et elle s'emportaient de colère contre l'innocente princesse qu'elles persécutaient : « Quoi ! malgré sa captivité, cette arrogante nous traversera ! disaient-elles. Quel moyen de lui pardonner les mauvais tours qu'elle nous fait ? Il faut qu'elle ait des correspondances secrètes dans les pays étrangers : c'est tout au moins une criminelle d'État ; traitons-la sur ce pied, et cherchons tous les moyens possibles de la convaincre. »

Elles finirent leur conseil si tard, qu'il était plus de minuit lorsqu'elles résolurent de monter dans la tour pour l'interroger. Elle était avec l'Oiseau Bleu à la fenêtre, parée de ses pierreries, coiffée de ses beaux cheveux, avec un soin qui n'était pas naturel aux personnes affligées ; sa chambre et son lit étaient jonchés de fleurs, et quelques pastilles d'Espagne qu'elle venait de brûler répandaient une odeur excellente. La reine écouta à la porte ; elle crut entendre chanter un air à deux parties : car Florine avait une voix presque céleste. En voici les paroles, qui lui parurent tendres :

Que notre sort est déplorable,

Et que nous souffrons de tourment

Pour nous aimer trop constamment !

Mais c'est en vain qu'on nous accable !

Malgré nos cruels ennemis,

Nos cœurs seront toujours unis.

Quelques soupirs finirent leur petit concert.

« Ah ! ma Truitonne, nous sommes trahies », s'écria la reine en ouvrant brusquement la porte, et se jetant dans la chambre.

Que devint Florine à cette vue ? Elle poussa promptement sa petite fenêtre, pour donner le temps à l'Oiseau royal de s'envoler. Elle était bien plus occupée de sa conservation que de la sienne propre ; mais il ne se sentit pas la force de s'éloigner : ses yeux perçants lui avaient découvert le péril auquel sa princesse était exposée.

Il avait vu la reine et Truitonne ; quelle affliction de n'être pas en état de défendre sa maîtresse ! Elles s'approchèrent d'elle comme des furies qui voulaient la dévorer.

« L'on sait vos intrigues contre l'État, s'écria la reine, ne pensez pas que votre rang vous sauve des châtiments que vous méritez.

— Et avec qui, madame ? répliqua la princesse. N'êtes-vous pas ma geôlière depuis deux ans ? Ai-je vu d'autres personnes que celles que vous m'avez envoyées ? »

Pendant qu'elle parlait, la reine et sa fille l'examinaient avec une surprise sans pareille, son admirable beauté et son extraordinaire parure les éblouissaient.

« Et d'où vous viennent, madame, dit la reine, ces pierreries qui brillent plus que le soleil ? Nous ferez-vous accroire qu'il y en a des mines dans cette tour ?

— Je les y ai trouvées, répliqua Florine ; c'est tout ce que j'en sais. »

La reine la regardait attentivement, pour pénétrer jusqu'au fond de son cœur ce qui s'y passait.

« Nous ne sommes pas vos dupes, dit-elle ; vous pensez nous en faire accroire ; mais, princesse, nous savons ce que vous faites depuis le matin jusqu'au soir. On vous a donné tous ces bijoux dans la seule vue de vous obliger à vendre le royaume de votre père.

— Je serais fort en état de le livrer ! répondit-elle avec un sourire dédaigneux : une princesse infortunée, qui languit dans les fers depuis si longtemps, peut beaucoup dans un complot de cette nature !

— Et pour qui donc, reprit la reine, êtes-vous coiffée comme une petite coquette, votre chambre pleine d'odeurs, et votre personne si magnifique, qu'au milieu de la cour vous seriez moins parée ?

— J'ai assez de loisir, dit la princesse ; il n'est pas extraordinaire que j'en donne quelques moments à m'habiller ; j'en passe tant d'autres à pleurer mes malheurs, que ceux-là ne sont pas à me reprocher.

— Çà, çà, voyons, dit la reine, si cette innocente personne n'a point quelque traité fait avec les ennemis. »

Elle chercha elle-même partout ; et venant à la paillasse, qu'elle fit vider, elle y trouva une si grande quantité de diamants, de perles, de rubis, d'émeraudes et de topazes, qu'elle ne savait d'où cela venait. Elle avait résolu de mettre en quelque lieu des papiers pour perdre la princesse ; dans le temps qu'on n'y prenait pas garde, elle en cacha dans la cheminée : mais par bonheur l'Oiseau Bleu était perché au-dessus, qui voyait mieux qu'un lynx, et qui écoutait tout. Il s'écria : « Prends garde à toi, Florine, voilà ton ennemie qui veut te faire une trahison. »

Cette voix si peu attendue épouvanta à tel point la reine, qu'elle n'osa faire ce qu'elle avait médité. « Vous voyez, madame, dit la princesse, que les esprits qui volent en l'air me sont favorables.

— Je crois, dit la reine outrée de colère, que les démons s'intéressent pour vous ; mais malgré eux votre père saura se faire justice.

— Plût au Ciel, s'écria Florine, n'avoir à craindre que la fureur de mon père ! Mais la vôtre, madame, est plus terrible. »

La reine la quitta, troublée de tout ce qu'elle venait de voir et d'entendre. Elle tint conseil sur ce qu'elle devait faire contre la princesse : on lui dit que, si quelque fée ou quelque enchanteur la prenaient sous leur protection, le vrai secret pour les irriter serait de lui faire de nouvelles peines, et qu'il serait mieux d'essayer de découvrir son intrigue. La reine approuva cette pensée ; elle envoya coucher dans sa chambre une jeune fille qui contrefaisait l'innocente : elle eut l'ordre de lui dire qu'on la mettait auprès d'elle pour la servir. Mais quelle apparence de donner dans un panneau si grossier ? La princesse la regarda comme une espionne, elle ne put ressentir une douleur plus violente. « Quoi ! je ne parlerais plus à cet Oiseau qui m'est si cher ! disait-elle. Il m'aidait à supporter mes malheurs, je soulageais les siens ; notre tendresse nous suffisait. Que va-t-il faire ? Que ferai-je moi-même ? » En pensant à toutes ces choses, elle versait des ruisseaux de larmes.

Elle n'osait plus se mettre à la petite fenêtre, quoiqu'elle entendît voltiger autour : elle mourait d'envie de lui ouvrir, mais elle craignait d'exposer la vie de ce cher amant. Elle passa un mois entier sans paraître ; l'Oiseau Bleu se désespérait : quelles plaintes ne faisait-il pas ! Comment vivre sans voir sa princesse ? Il n'avait jamais mieux ressenti les maux de l'absence et ceux de la métamorphose ; il cherchait inutilement des remèdes à l'une et à l'autre : après s'être creusé la tête, il ne trouvait rien qui le soulageât.

L'espionne de la princesse, qui veillait jour et nuit depuis un mois, se sentit si accablée de sommeil, qu'enfin elle s'endormit profondément. Florine s'en aperçut ; elle ouvrit sa petite fenêtre, et dit :

Oiseau Bleu, couleur du temps,

Vole à moi promptement.

Ce sont là ses propres paroles, auxquelles l'on n'a rien voulu changer. L'Oiseau les entendit si bien, qu'il vint promptement sur la fenêtre. Quelle joie de se revoir ! Qu'ils avaient de choses à se dire ! Les amitiés et les protestations de fidélité se renouvelèrent mille et mille fois : la princesse n'ayant pu s'empêcher de répandre des larmes, son amant s'attendrit beaucoup et la consola de son mieux. Enfin, l'heure de se quitter étant venue, sans que la geôlière se fût réveillée, ils se dirent l'adieu du monde le plus touchant. Le lendemain encore l'espionne s'endormit ; la princesse diligemment se mit à la fenêtre, puis elle dit comme la première fois :

Oiseau Bleu, couleur du temps,

Vole à moi promptement.

Aussitôt l'Oiseau vint, et la nuit se passa comme l'autre, sans bruit et sans éclat, dont nos amants étaient ravis : ils se flattaient que la surveillante prendrait tant de plaisir à dormir, qu'elle en ferait autant toutes les nuits. Effectivement, la troisième se passa encore très heureusement ; mais pour celle qui suivit, la dormeuse ayant entendu du bruit, elle écouta sans faire semblant de rien ; puis elle regarda de son mieux, et vit au clair de la lune le plus bel oiseau de l'univers qui parlait à la princesse, qui la caressait avec sa patte, qui la becquetait doucement ; enfin elle entendit plusieurs choses de leur conversation, et demeura très étonnée : car l'Oiseau parlait comme un amant, et la belle Florine lui répondait avec tendresse.

Le jour parut, ils se dirent adieu ; et, comme s'ils eussent eu un pressentiment de leur prochaine disgrâce, ils se quittèrent avec une peine extrême. La princesse se jeta sur son lit toute baignée de ses larmes, et le roi retourna dans le creux de son arbre. Sa geôlière courut chez la reine ; elle lui apprit tout ce qu'elle avait vu et entendu. La reine envoya quérir Truitonne et ses confidentes ; elles raisonnèrent longtemps ensemble, et conclurent que l'Oiseau Bleu était le roi Charmant. « Quel affront ! s'écria la reine, quel affront, ma Truitonne ! Cette insolente princesse, que je croyais si affligée, jouissait en repos des agréables conversations de notre ingrat ! Ah ! je me vengerai d'une manière si sanglante qu'il en sera parlé. » Truitonne la pria de n'y perdre pas un moment ; et, comme elle se croyait plus intéressée dans l'affaire que la reine, elle mourait de joie lorsqu'elle pensait à tout ce qu'on ferait pour désoler l'amant et la maîtresse.

La reine renvoya l'espionne dans la tour ; elle lui ordonna de ne témoigner ni soupçon, ni curiosité, et de paraître plus endormie qu'à l'ordinaire. Elle se coucha de bonne heure, elle ronfla de son mieux, et la pauvre princesse déçue, ouvrant la petite fenêtre, s'écria :

Oiseau Bleu, couleur du temps,

Vole à moi promptement.

Mais elle l'appela toute la nuit inutilement, il ne parut point : car la méchante reine avait fait attacher au cyprès des épées, des couteaux, des rasoirs, des poignards ; et, lorsqu'il vint à tire-d'aile s'abattre dessus, ces armes meurtrières lui coupèrent les pieds ; il tomba sur d'autres, qui lui coupèrent les ailes ; et enfin, tout percé, il se sauva avec mille peines jusqu'à son arbre, laissant une longue trace de sang.

Que n'étiez-vous là, belle princesse, pour soulager cet Oiseau royal ? Mais elle serait morte, si elle l'avait vu dans un état si déplorable. Il ne voulait prendre aucun soin de sa vie, persuadé que c'était Florine qui lui avait fait jouer ce mauvais tour. « Ah ! barbare, disait-il douloureusement, est-ce ainsi que tu paies la passion la plus pure et la plus tendre qui sera jamais ? Si tu voulais ma mort, que ne me la demandais-tu toi-même ? Elle m'aurait été chère de ta main. Je venais te trouver avec tant d'amour et de confiance ! Je souffrais pour toi, et je souffrais sans me plaindre ! Quoi ! tu m'as sacrifié à la plus cruelle des femmes !

Elle était notre ennemie commune ; tu viens de faire ta paix à mes dépens. C'est toi, Florine, c'est toi qui me poignardes ! Tu as emprunté la main de Truitonne, et tu l'as conduite jusque dans mon sein ! » Ces funestes idées l'accablèrent à un tel point qu'il résolut de mourir.

Mais son ami l'enchanteur, qui avait vu revenir chez lui les grenouilles volantes avec le chariot sans que le roi parût, se mit si en peine de ce qui pouvait lui être arrivé, qu'il parcourut huit fois toute la terre pour le chercher, sans qu'il lui fût possible de le trouver.

Il faisait son neuvième tour, lorsqu'il passa dans le bois où il était, et, suivant les règles qu'il s'était prescrites, il sonna du cor assez longtemps, et puis il cria cinq fois de toute sa force : « Roi Charmant, roi Charmant, où êtes-vous ? »

Le roi reconnut la voix de son meilleur ami :

« Approchez, lui dit-il, de cet arbre, et voyez le malheureux roi que vous chérissez, noyé dans son sang. »

L'enchanteur, tout surpris, regardait de tous côtés sans rien voir : « Je suis Oiseau Bleu », dit le roi d'une voix faible et languissante. A ces mots, l'enchanteur le trouva sans peine dans son petit nid. Un autre que lui aurait été étonné plus qu'il ne le fut ; mais il n'ignorait aucun tour de l'art nécromancien : il ne lui en coûta que quelques paroles pour arrêter le sang qui coulait encore ; et avec des herbes qu'il trouva dans le bois, et sur lesquelles il dit deux mots de grimoire, il guérit le roi aussi parfaitement que s'il n'avait pas été blessé.

Il le pria ensuite de lui apprendre par quelle aventure il était devenu Oiseau, et qui l'avait blessé si cruellement. Le roi contenta sa curiosité : il lui dit que c'était Florine qui avait décelé le mystère amoureux des visites secrètes qu'il lui rendait, et que, pour faire sa paix avec la reine, elle avait consenti à laisser garnir le cyprès de poignards et de rasoirs, par lesquels il avait été presque haché ; il se récria mille fois sur l'infidélité de cette princesse, et dit qu'il s'estimerait heureux d'être mort avant d'avoir connu son méchant cœur.

Le magicien se déchaîna contre elle et contre toutes les femmes ; il conseilla au roi de l'oublier. « Quel malheur serait le vôtre, lui dit-il, si vous étiez capable d'aimer plus longtemps cette ingrate ! Après ce qu'elle vient de vous faire, l'on en doit tout craindre. » L'Oiseau Bleu n'en put demeurer d'accord, il aimait encore trop chèrement Florine ; et l'enchanteur, qui connut ses sentiments malgré le soin qu'il prenait de les cacher, lui dit d'une manière agréable :

Accablé d'un cruel malheur,

En vain l'on parle et l'on raisonne,

On n'écoute que sa douleur,

Et point les conseils qu'on nous donne.

Il faut laisser faire le temps ;

Chaque chose a son point de vue ;

Et quand l'heure n'est pas venue,

On se tourmente vainement.

Le royal Oiseau en convint, et pria son ami de le porter chez lui et de le mettre dans une cage où il fût à couvert de la patte du chat et de toute arme meurtrière. « Mais, lui dit l'enchanteur, resterez-vous encore cinq ans dans un état si déplorable et si peu convenable à vos affaires et à votre dignité ? Car enfin, vous avez des ennemis qui soutiennent que vous êtes mort ; ils veulent envahir votre royaume : je crains bien que vous ne l'ayez perdu avant d'avoir recouvré votre première forme.

— Ne pourrais-je pas, répliqua-t-il, aller dans mon palais et gouverner tout comme je faisais ordinairement ?

— Oh ! s'écria son ami, la chose est difficile ! Tel qui veut obéir à un homme ne veut pas obéir à un perroquet ; tel vous craint étant roi, étant environné de grandeur et de faste, qui vous arrachera toutes les plumes, vous voyant un petit oiseau.

— Ah ! faiblesse humaine ! brillant extérieur ! s'écria le roi, encore que tu ne signifies rien pour le mérite et la vertu, tu ne laisses pas d'avoir des endroits décevants, dont on ne saurait presque se défendre ! Eh bien, continua-t-il, soyons philosophe, méprisons ce que nous ne pouvons obtenir : notre parti ne sera point le plus mauvais.

— Je ne me rends pas sitôt, dit le magicien, j'espère trouver quelques bons expédients. »

Florine, la triste Florine, désespérée de ne plus voir le roi, passait les jours et les nuits à la fenêtre, répétant sans cesse :

Oiseau Bleu, couleur du temps,

Vole à moi promptement.

La présence de son espionne ne l'en empêchait point ; son désespoir était tel, qu'elle ne ménageait plus rien.

« Qu'êtes-vous devenu, roi Charmant ? s'écria-t-elle. Nos communs ennemis vous ont-ils fait ressentir les cruels effets de leur rage ? Avez-vous été sacrifié à leurs fureurs ? Hélas ! hélas ! n'êtes-vous plus ? Ne dois-je plus vous voir ? ou, fatigué de mes malheurs, m'avez-vous abandonnée à la dureté de mon sort ? » Que de larmes, que de sanglots suivaient ces tendres plaintes ! Que les heures étaient devenues longues par l'absence d'un amant si aimable et si cher ! La princesse, abattue, malade, maigre et changée, pouvait à peine se soutenir ; elle était persuadée que tout ce qu'il y a de plus funeste était arrivé au roi.

La reine et Truitonne triomphaient ; la vengeance leur faisait plus de plaisir que l'offense ne leur avait fait de peine. Et, au fond, de quelle offense s'agissait-il ? Le roi Charmant n'avait pas voulu épouser un petit monstre qu'il avait mille sujets de haïr.

Cependant le père de Florine, qui devenait vieux, tomba malade et mourut. La fortune de la méchante reine et sa fille changea de face : elles étaient regardées comme des favorites qui avaient abusé de leur faveur, le peuple mutiné courut au palais demander la princesse Florine, la reconnaissant pour souveraine. La reine, irritée, voulut traiter l'affaire avec hauteur ; elle parut sur un balcon et menaça les mutins. En même temps la sédition devint générale ; on enfonce les portes de son appartement, on le pille, et on l'assomme à coups de pierres. Truitonne s'enfuit chez sa marraine la fée Soussio ; elle ne courait pas moins de dangers que sa mère.

Les grands du royaume s'assemblèrent promptement et montèrent à la tour, où la princesse était fort malade : elle ignorait la mort de son père et le supplice de son ennemie. Quand elle entendit tant de bruit, elle ne douta pas qu'on ne vînt la prendre pour la faire mourir ; elle n'en fut point effrayée : la vie lui était odieuse depuis qu'elle avait perdu l'Oiseau Bleu. Mais ses sujets s'étant jetés à ses pieds, lui apprirent le changement qui venait d'arriver à sa fortune ; elle n'en fut point émue. Ils la portèrent dans son palais et la couronnèrent. Les soins infinis que l'on prit de sa santé, et l'envie qu'elle avait d'aller chercher l'Oiseau Bleu, contribuèrent beaucoup à la rétablir, et lui donnèrent bientôt assez de force pour nommer un conseil, afin d'avoir soin de son royaume en son absence ; et puis elle prit pour des mille millions de pierreries, et elle partit une nuit toute seule, sans que personne sût où elle allait.

L'enchanteur qui prenait soin des affaires du roi Charmant, n'ayant pas assez de pouvoir pour détruire ce que Soussio avait fait, s'avisa de l'aller trouver et de lui proposer quelque accommodement en faveur duquel elle rendrait au roi sa figure naturelle : il prit les grenouilles et vola chez la fée, qui causait dans ce moment avec Truitonne. D'un enchanteur à une fée il n'y a que la main ; ils se connaissaient depuis cinq ou six cents ans, et dans cet espace de temps ils avaient été mille fois bien et mal ensemble. Elle le reçut très agréablement : « Que veut mon compère ? lui dit-elle (c'est ainsi qu'ils se nomment tous). Y a-t'il quelque chose pour son service qui dépende de moi ?

— Oui, ma commère, dit le magicien ; vous pouvez tout pour ma satisfaction ; il s'agit du meilleur de mes amis, d'un roi que vous avez rendu infortuné.

— Ah ! ah ! je vous entends, compère, s'écria Soussio ; j'en suis fâchée, mais il n'y a point de grâce à espérer pour lui, s'il ne veut épouser ma filleule ; la voilà belle et jolie, comme vous voyez : qu'il se consulte. »

L'enchanteur pensa demeurer muet, il la trouva laide ; cependant il ne pouvait se résoudre à s'en aller sans régler quelque chose avec elle, parce que le roi avait couru mille risques depuis qu'il était en cage. Le clou qui l'accrochait s'était rompu ; la cage était tombée, et Sa Majesté emplumée souffrit beaucoup de cette chute ; Minet, qui se trouvait dans la chambre lorsque cet accident arriva, lui donna un coup de griffe dans l'œil dont il pensa rester borgne. Une autre fois on avait oublié de lui donner à boire ; il allait le grand chemin d'avoir la pépie, quand on l'en garantit par quelques gouttes d'eau.

Un petit coquin de singe, s'étant échappé, attrapa ses plumes au travers des barreaux de sa cage, et il l'épargna aussi peu qu'il aurait fait un geai ou un merle. Le pire de tout cela, c'est qu'il était sur le point de perdre son royaume ; ses héritiers faisaient tous les jours des fourberies nouvelles pour prouver qu'il était mort. Enfin l'enchanteur conclut avec sa commère Soussio qu'elle mènerait Truitonne dans le palais du roi Charmant ; qu'elle y resterait quelques mois, pendant lesquels il prendrait sa résolution de l'épouser, et qu'elle lui rendrait sa figure ; quitte à reprendre celle d'oiseau, s'il ne voulait pas se marier.

La fée donna des habits tout d'or et d'argent à Truitonne, puis elle la fit monter en trousse derrière elle sur un dragon, et elles se rendirent au royaume de Charmant, qui venait d'y arriver avec son fidèle ami l'enchanteur. En trois coups de baguette il se vit le même qu'il avait été, beau, aimable, spirituel et magnifique ; mais il achetait bien cher le temps dont on diminuait sa pénitence : la seule pensée d'épouser Truitonne le faisait frémir. L'enchanteur lui disait les meilleures raisons qu'il pouvait, elles ne faisaient qu'une médiocre impression sur son esprit ; et il était moins occupé de la conduite de son royaume que des moyens de proroger le terme que Soussio lui avait donné pour épouser Truitonne.

Cependant la reine Florine, déguisée sous un habit de paysanne, avec ses cheveux épars et mêlés, qui cachaient son visage, un chapeau de paille sur la tête, un sac de toile sur son épaule, commença son voyage, tantôt à pied, tantôt à cheval, tantôt par mer, tantôt par terre : elle faisait toute la diligence possible ; mais, ne sachant où elle devait tourner ses pas, elle craignait toujours d'aller d'un côté pendant que son aimable roi serait de l'autre.

Un jour qu'elle s'était arrêtée au bord d'une fontaine dont l'eau argentée bondissait sur de petits cailloux, elle eut envie de se laver les pieds ; elle s'assit sur le gazon, elle releva ses blonds cheveux avec un ruban, et mit ses pieds dans le ruisseau : elle ressemblait à Diane qui se baigne au retour d'une chasse. Il passa dans cet endroit une petite vieille toute voûtée, appuyée sur un gros bâton ; elle s'arrêta, et lui dit :

« Que faites-vous là, ma belle fille ? vous êtes bien seule !

— Ma bonne mère, dit la reine, je ne laisse pas d'être en grande compagnie, car j'ai avec moi les chagrins, les inquiétudes et les déplaisirs. »

A ces mots, ses yeux se couvrirent de larmes.

« Quoi ! si jeune, vous pleurez, dit la bonne femme. Ah ! ma fille, ne vous affligez pas. Dites-moi ce que vous avez sincèrement, et j'espère vous soulager. »

La reine le voulut bien ; elle lui conta ses ennuis, la conduite que la fée Soussio avait tenue dans cette affaire, et enfin comme elle cherchait l'Oiseau Bleu.

La petite vieille se redresse, s'agence, change tout d'un coup de visage, paraît belle, jeune, habillée superbement ; et regardant la reine avec un sourire gracieux : « Incomparable Florine, lui dit-elle, le roi que vous cherchez n'est plus oiseau : ma sœur Soussio lui a rendu sa première figure, il est dans son royaume ; ne vous affligez point ; vous y arriverez, et vous viendrez à bout de votre dessein. Voici quatre œufs ; vous les casserez dans vos pressants besoins, et vous y trouverez des secours qui vous seront utiles. »

En achevant ces mots, elle disparut. Florine se sentit fort consolée de ce qu'elle venait d'entendre ; elle mit les œufs dans son sac, et tourna ses pas vers le royaume de Charmant.

Après avoir marché huit jours et huit nuits sans s'arrêter, elle arrive au pied d'une montagne prodigieuse par sa hauteur, toute d'ivoire, et si droite que l'on n'y pouvait mettre les pieds sans tomber. Elle fit mille tentatives inutiles ; elle glissait, elle se fatiguait, et, désespérée d'un obstacle si insurmontable, elle se coucha au pied de la montagne, résolue de s'y laisser mourir, quand elle se souvint des œufs que la fée lui avait donnés. Elle en prit un : « Voyons, dit-elle, si elle ne s'est point moquée de moi en me promettant les secours dont j'aurais besoin. » Dès qu'elle l'eut cassé, elle y trouva de petits crampons d'or, qu'elle mit à ses pieds et à ses mains. Quand elle les eut, elle monta la montagne d'ivoire sans aucune peine, car les crampons entraient dedans et l'empêchaient de glisser. Lorsqu'elle fut tout en haut, elle eut de nouvelles peines pour descendre : toute la vallée était d'une seule glace de miroir. Il y avait autour plus de soixante mille femmes qui s'y miraient avec un plaisir extrême, car ce miroir avait bien deux lieues de large et six de haut. Chacune s'y voyait selon ce qu'elle voulait être : la rouge y paraissait blonde, la brune avait les cheveux noirs, la vieille croyait être jeune, la jeune n'y vieillissait point ; enfin, tous les défauts y étaient si bien cachés, que l'on y venait des quatre coins du monde. Il y avait de quoi mourir de rire, de voir les grimaces et les minauderies que la plupart de ces coquettes faisaient. Cette circonstance n'y attirait pas moins d'hommes ; le miroir leur plaisait aussi.

Il faisait paraître aux uns de beaux cheveux, aux autres la taille plus haute et mieux prise, l'air martial, et meilleure mine. Les femmes, dont ils se moquaient, ne se moquaient pas moins d'eux ; de sorte que l'on appelait cette montagne de mille noms différents. Personne n'était jamais parvenu jusqu'au sommet ; et, quand on vit Florine, les dames poussèrent de longs cris de désespoir : « Où va cette malavisée ? disaient-elles. Sans doute qu'elle a assez d'esprit pour marcher sur notre glace ; du premier pas elle brisera tout. » Elles faisaient un bruit épouvantable.

La reine ne savait comment faire, car elle voyait un grand péril à descendre par là ; elle cassa un autre œuf, dont il sortit deux pigeons et un chariot, qui devint en même temps assez grand pour s'y placer commodément ; puis les pigeons descendirent doucement avec la reine, sans qu'il lui arrivât rien de fâcheux. Elle leur dit : « Mes petits amis, si vous vouliez me conduire jusqu'au lieu où le roi Charmant tient sa cour, vous n'obligeriez point une ingrate. » Les pigeons, civils et obéissants, ne s'arrêtèrent ni jour ni nuit qu'ils ne fussent arrivés aux portes de la ville. Florine descendit et leur donna à chacun un doux baiser plus estimable qu'une couronne.

Oh ! que le cœur lui battit en entrant ! elle se barbouilla le visage pour n'être point connue. Elle demanda aux passants où elle pouvait voir le roi. Quelques-uns se prirent à rire ! « Voir le roi ? lui dirent-ils ; oh ! que lui veux-tu, ma mie Souillon ? Va, va te décrasser, tu n'as pas les yeux assez bons pour voir un tel monarque. » La reine ne répondit rien : elle s'éloigna doucement et demanda encore à ceux qu'elle rencontra où elle se pourrait mettre pour voir le roi.

« Il doit venir demain au temple avec la princesse Truitonne lui dit-on ; car enfin il consent à l'épouser. »

Ciel ! quelle nouvelle ! Truitonne, l'indigne Truitonne sur le point d'épouser le roi ! Florine pensa mourir ; elle n'eut plus de force pour parler ni pour marcher : elle se mit sous une porte, assise sur des pierres, bien cachée de ses cheveux et de son chapeau de paille. « Infortunée que je suis ! disait-elle, je viens ici pour augmenter le triomphe de ma rivale et me rendre témoin de sa satisfaction ! C'était donc à cause d'elle que l'Oiseau Bleu cessa de me venir voir ! C'était pour ce petit monstre qu'il me faisait la plus cruelle de toutes les infidélités, pendant qu'abîmée dans la douleur je m'inquiétais pour la conservation de sa vie ! Le traître avait changé ; et, se souvenant moins de moi que s'il ne m'avait jamais vue, il me laissait le soin de m'affliger de sa trop longue absence, sans se soucier de la mienne. »

Quand on a beaucoup de chagrin, il est rare d'avoir bon appétit ; la reine chercha où se loger, et se coucha sans souper. Elle se leva avec le jour, elle courut au temple ; elle n'y entra qu'après avoir essuyé mille rebuffades des gardes et des soldats. Elle vit le trône du roi et celui de Truitonne, qu'on regardait déjà comme la reine. Quelle douleur pour une personne aussi tendre et aussi délicate que Florine ! Elle s'approcha du trône de sa rivale ; elle se tint debout, appuyée contre un pilier de marbre. Le roi vint le premier, plus beau et plus aimable qu'il eût été de sa vie. Truitonne parut ensuite, richement vêtue, et si laide, qu'elle en faisait peur. Elle regarda la reine en fronçant le sourcil.

« Qui es-tu, lui dit-elle, pour oser t'approcher de mon excellente figure, et si près de mon trône d'or ?

— Je me nomme Mie-Souillon, répondit-elle ; je viens de loin pour vous vendre des raretés. » Elle fouilla aussitôt dans son sac de toile ; elle en tira des bracelets d'émeraude que le roi Charmant lui avait donnés. « Ho ! ho ! dit Truitonne, voilà de jolies verrines ; en veux-tu une pièce de cinq sous ?

— Montrez-les, madame, aux connaisseurs, dit la reine, et puis nous ferons notre marché. »

Truitonne, qui aimait le roi plus tendrement qu'une telle bête n'en était capable, étant ravie de trouver des occasions de lui parler, s'avança jusqu'à son trône et lui montra les bracelets, le priant de lui dire son sentiment. A la vue de ces bracelets, il se souvint de ceux qu'il avait donnés à Florine ; il pâlit, il soupira, et fut longtemps sans répondre ; enfin, craignant qu'on ne s'aperçût de l'état où ses différentes pensées le réduisaient, il se fit un effort et lui répliqua :

« Ces bracelets valent, je crois, autant que mon royaume ; je pensais qu'il n'y en avait qu'une paire au monde, mais en voilà de semblables. »

Truitonne revint de son trône, où elle avait moins bonne mine qu'une huître à l'écaille ; elle demanda à la reine combien, sans surfaire, elle voulait de ces bracelets.

« Vous auriez trop de peine à me les payer, madame, dit-elle ; il vaut mieux vous proposer un autre marché. Si vous me voulez procurer de coucher une nuit dans le cabinet des Echos qui est au palais du roi, je vous donnerai mes émeraudes.

— Je le veux bien, Mie-Souillon », dit Truitonne en riant comme une perdue et montrant des, dents plus longues que les défenses d'un sanglier.

Le roi ne s'informa point d'où venaient ces bracelets, moins par indifférence pour celle qui les présentait (bien qu'elle ne fût guère propre à faire naître la curiosité), que par un éloignement invincible qu'il sentait pour Truitonne. Or, il est à propos qu'on sache que, pendant qu'il était Oiseau Bleu, il avait conté à la princesse qu'il y avait sous son appartement un cabinet, qu'on appelait le cabinet des Échos, qui était si ingénieusement fait, que tout ce qui s'y disait fort bas était entendu du roi lorsqu'il était couché dans sa chambre ; et, comme Florine voulait lui reprocher son infidélité, elle n'en avait point imaginé de meilleur moyen.

On la mena dans le cabinet par ordre de Truitonne : elle commença ses plaintes et ses regrets. « Le malheur dont je voulais douter n'est que trop certain, cruel Oiseau Bleu ! dit-elle ; tu m'as oubliée, tu aimes mon indigne rivale ! Les bracelets que j'ai reçus de ta déloyale main n'ont pu me rappeler à ton souvenir, tant j'en suis éloignée ! » Alors les sanglots interrompirent ses paroles, et, quand elle eut assez de forces pour parler, elle se plaignit encore et continua jusqu'au jour. Les valets de chambre l'avaient entendue toute la nuit gémir et soupirer : ils le dirent à Truitonne, qui lui demanda quel tintamarre elle avait fait.

La reine lui dit qu'elle dormait si bien, qu'ordinairement elle rêvait et qu'elle parlait très souvent haut. Pour le roi, il ne l'avait point entendue, par une fatalité étrange : c'est que, depuis qu'il avait aimé Florine, il ne pouvait plus dormir, et lorsqu'il se mettait au lit pour prendre quelque repos, on lui donnait de l'opium.

La reine passa une partie du jour dans une étrange inquiétude. « S'il m'a entendue, disait-elle, se peut-il une indifférence plus cruelle ? S'il ne m'a pas entendue, que ferai-je pour parvenir à me faire entendre ? » Il ne se trouvait plus de raretés extraordinaires, car des pierreries sont toujours belles ; mais il fallait quelque chose qui piquât le goût de Truitonne : elle eut recours à ses œufs. Elle en cassa un ; aussitôt il en sortit un petit carrosse d'acier poli, garni d'or de rapport : il était attelé de six souris vertes, conduites par un raton couleur de rose, et le postillon, qui était aussi de famille ratonnière, était gris de lin. Il y avait dans ce carrosse quatre marionnettes plus fringantes et plus spirituelles que toutes celles qui paraissent aux foires Saint-Germain et Saint-Laurent ; elles faisaient des choses surprenantes, particulièrement deux petites Égyptiennes qui, pour danser la sarabande et les passe-pieds, ne l'auraient pas cédé à Léance.

La reine demeura ravie de ce nouveau chef-d'œuvre de l'art nécromancien ; elle ne dit mot jusqu'au soir, qui était l'heure que Truitonne allait à la promenade ; elle se mit dans une allée, faisant galoper ses souris, qui traînaient le carrosse, les ratons et les marionnettes. Cette nouveauté étonna si fort Truitonne, qu'elle s'écria deux ou trois fois :

« Mie-Souillon, Mie-Souillon, veux-tu cinq sous du carrosse et de ton attelage souriquois ?

— Demandez aux gens de lettres et aux docteurs de ce royaume, dit Florine, ce qu'une telle merveille peut valoir, et je m'en rapporterai à l'estimation du plus savant. »

Truitonne, qui était absolue en tout, lui répliqua : « Sans m'importuner plus longtemps de ta crasseuse présence, dis-m'en le prix.

— Dormir encore dans le cabinet des Échos, dit-elle, est tout ce que je demande.

— Va, pauvre bête, répliqua Truitonne, tu n'en seras pas refusée » ; et se tournant vers ses dames : « Voilà une sotte créature, dit-elle, de retirer si peu d'avantages de ses raretés. »

La nuit vint. Florine dit tout ce qu'elle put imaginer de plus tendre, et elle le dit aussi inutilement qu'elle l'avait déjà fait, parce que le roi ne manquait jamais de prendre son opium. Les valets de chambre disaient entre eux :

« Sans doute que cette paysanne est folle : qu'est-ce qu'elle raisonne toute la nuit ?

— Avec cela, disaient les autres, il ne laisse pas d'y avoir de l'esprit et de la passion dans ce qu'elle conte. »

Elle attendait impatiemment le jour, pour voir quel effet ses discours auraient produit. « Quoi ! ce barbare est devenu sourd à ma voix ! disait-elle. Il n'entend plus sa chère Florine ? Ah ! quelle faiblesse de l'aimer encore ! que je mérite bien les marques de mépris qu'il me donne ! »

Mais elle y pensait inutilement, elle ne pouvait se guérir de sa tendresse. Il n'y avait plus qu'un œuf dans son sac dont elle dût espérer du secours ; elle le cassa : il en sortit un pâté de six oiseaux qui étaient bardés, cuits et fort bien apprêtés ; avec cela ils chantaient merveilleusement bien, disaient la bonne aventure, et savaient mieux la médecine qu'Esculape. La reine resta charmée d'une chose si admirable ; elle alla avec son pâté parlant dans l'antichambre de Truitonne.

Comme elle attendait qu'elle passât, un des valets de chambre du roi s'approcha d'elle et lui dit :

« Ma Mie-Souillon, savez-vous bien que, si le roi ne prenait pas de l'opium pour dormir, vous l'étourdiriez assurément ? car vous jasez la nuit d'une manière surprenante. »

Florine ne s'étonna plus de ce qu'il ne l'avait pas entendue ; elle fouilla dans son sac et lui dit :

« Je crains si peu d'interrompre le repos du roi, que, si vous voulez ne point lui donner d'opium ce soir, en cas que je couche dans ce même cabinet, toutes ces perles et tous ces diamants seront pour vous. »

Le valet de chambre y consentit et lui en donna sa parole.

A quelques moments de là, Truitonne vint ; elle aperçut la reine avec son pâté, qui feignait de le vouloir manger : « Que fais-tu là, Mie-Souillon ? lui dit-elle.

— Madame, répliqua Florine, je mange des astrologues, des musiciens et des médecins. »

En même temps tous les oiseaux se mettent à chanter plus mélodieusement que des sirènes ; puis ils s'écrièrent : « Donnez la pièce blanche et nous vous dirons votre bonne aventure. » Un canard, qui dominait, dit plus haut que les autres : « Can, can, can, je suis médecin, je guéris de tous les maux et de toute sorte de folie, hormis de celle d'amour. »

Truitonne, plus surprise de tant de merveilles qu'elle l'eût été de ses jours, jura « Par la vertu-chou, voilà un excellent pâté ! je le veux avoir ; çà, çà, Mie-Souillon, que t'en donnerai-je ?

— Le prix ordinaire, dit-elle : coucher dans le cabinet des Échos, et rien davantage.

— Tiens, dit généreusement Truitonne (car elle était de belle humeur par l'acquisition d'un tel pâté), tu en auras une pistole. »

Florine, plus contente qu'elle l'eût encore été, parce qu'elle espérait que le roi l'entendrait, se retira en la remerciant.

Dès que la nuit parut, elle se fit conduire dans le cabinet, souhaitant avec ardeur que le valet de chambre lui tînt parole, et qu'au lieu de donner de l'opium au roi il lui présentât quelque autre chose qui pût le tenir éveillé. Lorsqu'elle crut que chacun s'était endormi, elle commença ses plaintes ordinaires. « A combien de périls me suis-je exposée, disait-elle, pour te chercher, pendant que tu me fuis et que tu veux épouser Truitonne. Que t'ai-je donc fait, cruel, pour oublier tes serments ? Souviens-toi de ta métamorphose, de mes bontés, de nos tendres conversations. » Elle les répéta presque toutes, avec une mémoire qui prouvait assez que rien ne lui était plus cher que ce souvenir.

Le roi ne dormait point, et il entendait si distinctement la voix de Florine et toutes ses paroles, qu'il ne pouvait comprendre d'où elles venaient ; mais son cœur, pénétré de tendresse, lui rappela si vivement l'idée de son incomparable princesse qu'il sentit sa séparation avec la même douleur qu'au moment où les couteaux l'avaient blessé sur le cyprès. Il se mit à parler de son côté comme la reine avait fait du sien : « Ah ! princesse, dit-il, trop cruelle pour un amant qui vous adorait ! est-il possible que vous m'ayez sacrifié à nos communs ennemis ! »

Florine entendit ce qu'il disait, et ne manqua pas de lui répondre et de lui apprendre que, s'il voulait entretenir la Mie-Souillon, il serait éclairci de tous les mystères qu'il n'avait pu pénétrer jusqu'alors. À ces mots, le roi, impatient, appela un de ses valets de chambre et lui demanda s'il ne pouvait point trouver Mie-Souillon et l'amener. Le valet de chambre répliqua que rien n'était plus aisé, parce qu'elle couchait dans le cabinet des Échos.

Le roi ne savait qu'imaginer. Quel moyen de croire qu'une si grande reine que Florine fût déguisée en souillon ? Et quel moyen de croire que Mie-Souillon eût la voix de la reine et sût des secrets si particuliers, à moins que ce ne fût elle-même ? Dans cette incertitude il se leva, et, s'habillant avec précipitation, il descendit par un degré dérobé dans le cabinet des Échos, dont la reine avait ôté la clef, mais le roi en avait une qui ouvrait toutes les portes du palais.

Il la trouva avec une légère robe de taffetas blanc, qu'elle portait sous ses vilains habits ; ses beaux cheveux couvraient ses épaules ; elle était couchée sur un lit de repos, et une lampe un peu éloignée ne rendait qu'une lumière sombre. Le roi entra tout d'un coup ; et, son amour l'emportant sur son ressentiment, dès qu'il la reconnut il vint se jeter à ses pieds, il mouilla ses mains de ses larmes et pensa mourir de joie, de douleur et de mille pensées différentes qui lui passèrent en même temps dans l'esprit.

La reine ne demeura pas moins troublée ; son cœur se serra, elle pouvait à peine soupirer. Elle regardait fixement le roi sans lui rien dire ; et, quand elle eut la force de lui parler, elle n'eut pas celle de lui faire des reproches ; le plaisir de le revoir lui fit oublier pour quelque temps les sujets de plainte qu'elle croyait avoir. Enfin, ils s'éclaircirent, ils se justifièrent ; leur tendresse se réveilla ; et tout ce qui les embarrassait, c'était la fée Soussio.

Mais dans ce moment, l'enchanteur, qui aimait le roi, arriva avec une fée fameuse : c'était justement celle qui donna les quatre œufs à Florine. Après les premiers compliments, l'enchanteur et la fée déclarèrent que, leur pouvoir étant uni en faveur du roi et de la reine, Soussio ne pouvait rien contre eux, et qu'ainsi leur mariage ne recevrait aucun retardement.

Il est aisé de se figurer la joie de ces deux jeunes amants : dès qu'il fut jour, on la publia dans tout le palais, et chacun était ravi de voir Florine. Ces nouvelles allèrent jusqu'à Truitonne ; elle accourut chez le roi ; quelle surprise d'y trouver sa belle rivale ! Dès qu'elle voulut ouvrir la bouche pour lui dire des injures, l'enchanteur et la fée parurent, qui la métamorphosèrent en truie, afin qu'il lui restât au moins une partie de son nom et de son naturel grondeur.

Elle s'enfuit toujours grognant jusque dans la basse-cour, où de longs éclats de rire que l'on fit sur elle achevèrent de la désespérer.

Le roi Charmant et la reine Florine, délivrés d'une personne si odieuse, ne pensèrent plus qu'à la fête de leurs noces ; la galanterie et la magnificence y parurent également ; il est aisé de juger de leur félicité, après de si longs malheurs.

Quand Truitonne aspirait à l'hymen de Charmant,

Et que, sans avoir pu lui plaire,
Elle voulait former ce triste engagement
Que la mort seule peut défaire,
Qu'elle était imprudente, hélas !
Sans doute elle ignorait qu'un pareil mariage
Devient un funeste esclavage,
Si l'amour ne le forme pas.
Je trouve que Charmant fut sage.
A mon sens, il vaut beaucoup mieux
Être Oiseau Bleu, corbeau, devenir hibou même,
Que d'éprouver la peine extrême
D'avoir ce que l'on hait toujours devant les yeux,
En ces sortes d'hymens notre siècle est fertile :
Les hymens seraient plus heureux,
Si l'on trouvait encore quelque enchanteur habile
Qui voulût s'opposer à ces coupables nœuds,
Et ne jamais souffrir que l'hyménée unisse,
Par intérêt ou par caprice,
Deux cœurs infortunés, s'ils ne s'aiment tous deux.

FIN